U0458869

RENÉ CHAR

遗失的赤裸

Le Nu perdu

〔法〕勒内·夏尔　　　　　　　　　　　　　　　　　　　　著

何家炜　　　　　　　　　　　　　　　　　译

人民文学出版社
PEOPLE'S LITERATURE PUBLISHING HOUSE

著作权合同登记号　图字 01-2019-4498

René Char
LE NU PERDU
ⓒ Editions Gallimard，Paris，1978
All rights reserved

图书在版编目(CIP)数据

遗失的赤裸／(法)勒内·夏尔著;何家炜译.
—北京:人民文学出版社,2020(2021.4 重印)
(巴别塔诗典)
ISBN 978-7-02-015635-1

Ⅰ.①遗… Ⅱ.①勒… ②何… Ⅲ.①诗集-法国-
现代 Ⅳ.①I565.25

中国版本图书馆 CIP 数据核字(2019)第 180053 号

责任编辑　朱卫净　邰莉莉
装帧设计　高静芳

出版发行　人民文学出版社
社　　址　北京市朝内大街 166 号
邮　　编　100705
网　　址　http://www.rw-cn.com

印　　刷　上海利丰雅高印刷有限公司
经　　销　全国新华书店等

字　　数　65 千字
开　　本　889×1194 毫米　1/32
印　　张　6.5
插　　页　5
版　　次　2020 年 1 月北京第 1 版
印　　次　2021 年 4 月第 2 次印刷

书　　号　978-7-02-015635-1
定　　价　65.00 元

如有印装质量问题,请与本社图书销售中心调换。电话:010－65233595

目录

遗失的赤裸（1964—1970）

溯流而上

在猎物繁多的雨中

背靠一座石屋

辟邪之夜闪着幽光（1972）

游猎的香料（1972—1975）

一

二

遗失的赤裸

(1964—1970)

溯流而上

吕贝隆 ① 七块地

一

躺在痛苦之地，

被蟋蟀和孩子啃咬，

从一个个日渐衰老的太阳下掉落，

布雷蒙德 ② 甘甜的水果。

一棵美丽的树上没有蜂群，

你因同体而萎靡，

你因分裂而欢悦，

青春，炫目的乌云。

你的海难只为我们的心

---

① 吕贝隆（Luberon），法国南方普罗旺斯中部的山岭地带。
② 布雷蒙德（Brémonde），吕贝隆地区的一个村庄。

留一个舵，为我们的恐惧
留一道中空的峭壁，
哦，比乌 ①，受苛待的小船！

如同生长的落叶松，
在阴谋之上，
你是风在描摹，
我的时日，是挡火灾的墙。

曾在近旁。在幸福的国度。
欢快中升起她的幽怨，
我拭抚她胯部的线条
对抗你枝条的枯梢，
迷迭香，采过蜜的荒野。

从我的住所，石头一块接一块，
我忍受着毁坏。
惟有虔信者知晓，一个夜晚
或死亡的具体规模。

———————————

① 比乌（Buoux），吕贝隆地区的一个村庄。

冬天在普罗旺斯嬉戏

在瓦勒度人^①阴郁的目光下；

柴堆融化了雪，

水沸腾着滑进激流。

带着一颗悲苦之星，

血干得太慢。

我的哀伤之群山，是你统治着：

我从来不曾梦见过你。

---

① 瓦勒度人（Vaudois），指贝吕隆地区的瓦勒度教徒，他们追随早期宗教
   改革运动"里昂穷人"的创建者皮埃尔·瓦勒度（Pierre Valdo，又名
   Vaudès 或 Valdès，1140—1217），在历史上曾惨遭迫害。

二

穿行

在伸入远方的大道上

再也没喂养一匹马。

堑沟让有情人恼恨；

而后青草，以低垂的枝条，

搭起一个屋顶，并且铺展。

在欧石楠粉色的花下

不要为悲伤而抽泣。

鸳，鸢，貂，捕鼠犬，

还有哀婉的法兰朵拉舞 ①，

坚守着荒野之地。

黑麦划出边界

在蕨类与召唤之间。

松开一个无关紧要的过往。

所需为何，

春天就在额前，

以便云可以入眠

而不在我们眼际翻滚？

---

① 法兰朵拉舞（farandole），普罗旺斯地区最古老的民间传统舞蹈。

所缺为何，

存在之幸福与止息的疾奔，

抑或深入两者之间的斧子？

干吧，受苦的人！跑吧，被囚禁的人！

屠夫们的热汗

还在给梅兰朵尔 ① 催眠。

---

① 梅兰朵尔（Mérindol），普罗旺斯地区沃克吕兹省（Vaucluse）一市镇。

深渊的轮廓

在沃克吕兹①虚幻的伤口上我看见你在受苦。那儿，虽已减轻痛苦，你依然是一脉绿色的水，又是一条大道。你曾穿越无序的死亡。起伏的花朵来自一个持续的秘密。

———————

① 沃克吕兹（Vaucluse），普罗旺斯—阿尔卑斯—蓝色海岸大区所辖的法国东南部省份。

杨树的消失

暴风雨刮去树木的叶饰。
而我睡着，雷电交加在温存的眼里。
就让我颤抖其中的狂风
联合起我信在其中的大地。

风吹磨砺我的露礁。
愿这诱饵的窟窿混乱不堪
从泉水到弄脏的河床！

一枚钥匙将是我的住所，
以一团由心证实的火构造；
而空气曾在山脊间支撑着它。

爱恋图宗 ①

　　当痛苦攀爬上他为人艳羡的屋顶，一种显明的认知便向他豁然显现。他不再身处自由之中，如大洋中央的两支桨。言语那迷人的欲望，伴着黑色水流一起消退。四下里微颤还在持续，他跟随着越来越细的尾涡。一只花岗岩鸽子半遮半露，以其翅翼测量这件沉没的杰作的残余部分。② 潮湿的斜坡之上，泡沫的余尾和破碎物件贫乏的移动。在已然开启的严峻时代，收获而不带毒的特权将会被废除。所有自由而疯狂的创作溪流已停止奔涌。在他生命的终期，每个拂晓时分，他会让巨大的耐心所允诺他的一切让步于新的大胆。白昼盘旋于图宗上空。死亡并没有像地衣销蚀雪的希望。在被浸没的空城中，弯月将最后的血和最初的淤泥混在一起。

_____

①　图宗（Thouzon），沃克吕兹省所辖一市镇旧名。据勒内·夏尔在"七星文库"版的注释，德占时期有一家犹太人曾藏身于图宗修道院荒凉的废墟内，由附近的抵抗运动者提供食品等生活物资，这首诗即影射这一背景。

②　花岗岩鸽子应指船首像，这件杰作的整体已随沉船而沉没。据勒内·夏尔的注释，花岗岩鸽子的现实对象是图宗一个废墟的浮雕残部。

针的幻影

他们将黑暗的强作笑颜当做光明。他们在手上掂量死亡之残余并喊道"这与我们无关"。珍贵的圣餐也装点不了他们游蛇的嘴。他们的女人欺骗他们，孩子偷窃他们，朋友嘲笑他们。他们无从辨别，只因痛恨黑暗。是否创造之钻石迸出倾斜的火？一个圈套迅速将钻石覆盖。他们放进面包炉里的，揉进光滑面团里的，仅仅是一小把绝望的燕麦。他们安居下来并在一片海的摇篮中得以繁盛，在那里成为冰川之主。你被如此告知。

脆弱的小学生，如何改变未来，并让这被如此问询、如此煽动、在你的目光下衰退的火熄灭？
现时只是一个游戏或一场对黑色雨燕的屠杀。

从此忠于他的爱就如同天空忠于岩崖。忠诚，醒目，然而无休止地游荡，奔跑中避开一切看得见火、吹得到风的区域；那区域，是屠夫的宝藏，钩上淌着血。

步入空门 ①

　　幸福的时辰。每座城市都是一个恐惧联合起来的大家族；手工之歌与鲜活的夜空将城市照亮。精神的花粉守护自己那一份流亡。

　　然而永在的此时，飞逝的过往，在疲惫的情人身下，褪去了光滑。

　　加速行军，终以溃散。挨打的孩子，金黄的麦秆，流脓血的男人，都在车轮之下！被铁蜂瞄准，玫瑰含泪绽放。

────────────

① 　原文为 Aux Portes d'Aerea，意即"在阿埃雷阿的诸多通道口"。据"七星文库"版的注释，Aerea 是勒内·夏尔故乡的历史上曾经出现过但后来消失的一个村庄，诗人曾在其故址短暂居住；又因 aerea 有"空中、空气的"之意，故译作"步入空门"。

先驱者

我在一道岩崖里认出了离家出走的死亡，可测量的死亡，一棵无花果树的庇荫下那张四角敞开的床。[①] 毫无裁缝的迹象：大地的每个清晨展开翅翼于夜的运行下。

不再重述，卸下人类的恐惧，我在空气里挖着我的坟墓和归程。

---

① 据"七星文库"版注释，这首诗的背景是勒内·夏尔看到某地山岩上荒坟遍地，其中许多都是婴儿的坟茔，"离家出走的死亡"应是指这些孩子。

维纳斯克 ①

天寒地冻将你们聚拢，

人比灌木丛还要炽热；

冬天的长风会把你们吊起。

一座被冻得笔直的小教堂

它的石屋顶成了绞刑台。

---

① 维纳斯克（Venasque），沃克吕兹省一市镇名。

驻足污秽的城堡

若我们受损的回忆一直沉睡，过往将推迟现时的孵化。我们转向其中一个，另一个在扑向我们之前显示出某种冲击。

从烧焦木头的中端到满是鼻涕的临时祭坛。从灰色梦境到与虚无进行的交易。奔跑。第一个山口：尽是粉碎的黏土。

大地，是某个东西抑或某个人？什么也不会奔来相告，这问题只是召来一大片沙洲，一个昏暗光晕，以及周围某个侍女。

"最终是毒药。没有它，就一无所获。哪怕最少的人间食粮。哪怕最明显可触的收成。"向着敞开的时代，阴森的大地如此咆哮。

背朝厚厚的大地，弥漫开一种中毒的梦游症，精神上的反感是否预示着出逃，而后，会是反抗？

受骗者的青春，夜之杏黄菌。

熄灭喧嚣，不带一件自卫武器，就像月虹 ① 在拂晓时散解。

我们不嫉妒众神，我们不侍奉他们，也不怕他们，但在生命危难之时，我们证明他们多重的存在，当他们的回忆停止，我们因受他们冒险养育而感动。

自由之酒会很快变酸，如果喝一半倒回葡萄藤。

---

① 月虹（l'arc-en-ciel de la lune），由月照所产生的虹，通常只见于夜晚。

围墙与河流

　　我不愿在你前面离去，如同一片割倒的草地，召
唤着你，就在荒凉的图宗对面，在它未被摧毁的心
对面。

阿尔萨斯地区

我给你看小石头 ①，它的森林的嫁妆，从树枝间诞
生的天空，

浩大的鸟群，抓捕着别的鸟群，

繁花怒放中活了两次的花粉，

远远地升起一座塔楼如同海盗船的帆，

湖重新成为磨坊的摇篮，一个孩子的睡意。

那儿，我的冰雪带让我透不过气来，

在点缀着乌鸦的悬岩檐板下，

我不去管冬天之所需。

我们今天相爱，没有来世没有后裔，

炽热或平凡，相异但在一起，

我们离开星辰，它们的本性是飞翔而不抵达。

---

① 小石头（La Petite-Pierre），或译"小皮埃尔"，是阿尔萨斯一块历史悠
久的伯爵领地。

船朝着绿海高处开路。

所有的火都熄灭，让我们登上船。

自拂晓前开始将我们升举在它的记忆里。

它隐藏起我们的童年，填满我们的黄金时代，

它是受召唤的巡游的主人，只要我们相信它的真理。

在男爵领地跳舞

穿着橄榄色的衣裙

                    恋女

曾说：

                请相信我很天真的忠诚。

            而从此，

一道敞开的山谷

                    一片闪光的山坡

一条联姻的小径

            侵入了城市

那儿，痛苦在水流之下无拘无束。

哑巴的岗哨

石头紧挨在墙垣里而人类以石上青苔为生。茫茫黑夜擎着枪而女人不再分娩。耻辱有着一杯水的外形。

我联合起一些生物的勇气，我激烈地生活，并不衰老，我的奥秘就在其中，我为所有他者的存在而颤抖，就像一条失禁的小船在隔开的底部之上。

殊途同归

这个男人并非慷慨因为他想要在他的镜子里看到自己慷慨。他慷慨是因为他来自昴星团，是因为他讨厌自己。

同一个浪荡的身影，手指骨举起，我和他，我们会合了。一轮完全不为我们而存在的太阳，它逃走了，如同一个犯错或不满的父亲。

伊冯娜

好客之渴

谁可曾听见过她抱怨？

惟有她可以饮下四十种疲惫而不死，
等一等，前面远处，那些后来者；
从苏醒到入睡，她的运作都雄健有力。

她挖了井并吊起来平躺的水
让她的心在两手的间距中冒险。

遗失的赤裸

　　来披挂起条条嫩枝，其持久性会销蚀缠结的夜，这引领光亮又紧随光亮的夜。枝条的言语接收着果实的存在，断断续续的果实，用撕碎自己来繁殖自身的存在。枝条是切口与记号的乱伦之子，将花环从集结的哨声升起到石栏边。风的狂怒又将它们脱得精光。对面，飞翔着一只黑夜的睡袋。

赞颂贾科梅蒂 [1]

一九六四年四月的这个午后将尽之时，这只独断专行的老鹰，这位跪地不起的马蹄铁匠，在他火烧云般的斥骂（这是他的工作，他不断以冒犯来鞭责自己的工作）之下，让我看到了他的模特儿卡罗琳的面容，就在画室的瓷砖地板上，这张画在画布上的卡罗琳的脸，——经过了多少回抠抓、创伤和血肿？——这激情的果实，在所有爱的对象中间，这些胜利品，废料添加死亡做成的伪巨人症，还有一些被我们勉强分开的亮片，我们，是它短暂的证人。脱离了他的欲望与暴戾之巢。这张没有过往的美丽的脸会杀死睡意，它映照在我们的目光之镜里，将毫无困难地接收所有未来眼睛的临时注视。

---

[1]　贾科梅蒂（Alberto Giacometti，1901—1966），瑞士雕塑家和画家。

小熊星座

——我漫步在疯狂之岸。——

对于我心里的诸多问题，
如果心一言不发，
我的女伴就听任之，
因为缺席具有创造力。
而她退潮的眼如同紫色尼罗河
仿佛无止尽地数着
躺在清凉石块下的抵押品。

疯狂用锋利的长芦苇梳头。
在某处这条溪流过着双重生活。
它的名字那残酷的黄金突然成了侵犯者
来向对方的财富发动战斗。

无花果树之歌

如此冰冻，这些乳白色枝条
厌烦了锯子，折断在手上。
春天看不见优雅的枝条变绿。

无花果树向躺卧之主祈求
一种新信仰的树丛。
然而黄鹂，作为先知，
如同信仰回归的温热黎明，
停落于灾祸之上，
并非饥饿，而是死于爱情。

埃格维夫 [①]

涌泉的陡头谷：荆棘丛前，在清新空气的通道上，一座惩戒之天堑拦住了口渴者。春天资助的水和神脸的印模在游荡，远远地，穿过难以通行的三角洲。

泉水的背面：上游之地，不毛之地，光秃秃的主人，我向你推动我的运气。平常的活儿，我对此太不在意，却灌溉着你的敌人的花园。错误得以消除。

---

① 埃格维夫（Aiguevive），法国中部一山区。

垂直的村庄

狼群顿显高贵
因了它们的消失，
我们守候着忧虑之年
和解放之年。

覆雪的狼群
出自遥远的围猎，
在被抹去的日期。

低噪声渐近，
我们暗中等待，
以便加入
最高的振幅。

我们知道事物总是
突然到来，

晦暗或过于璀璨。

这连接两块被单的投枪，
生命面对生命，喧哗和山峰，
将闪闪发光。

十月的审判

脸贴脸，两朵铁线莲挺直在忧伤中；

冰冻和寒风并未预审，而将它们忽视；

如同故事背景里的孩子

跌倒在难捱的季节又站起来紧紧相拥。

没有嘴唇说起她们，时光转变。

不会有劫持，也没有积怨。

路人从她们和我们面前无视地走过。

被一个深环穿了孔的两朵玫瑰

在她们的奇特之中放进一点藐视。

除了因为刺还有什么让我们失去生命？

然而以花的名义，惟有岁月才知晓！

而太阳不再是最初的太阳。

一夜，沉沉白昼，所有冒险，两朵玫瑰，

如同荫蔽下的火焰，与灭焰者脸贴着脸。

未来的迟缓

必须翻越许多教条与寒冰去拥有幸福并在石床板上红着脸醒来。

在他们和我之间长期以来如同有一道野树篱，我们随手采摘盛开的山楂花，赠送彼此。从来不过一臂之遥。他们喜欢我，我喜欢他们。这个"为风"设置的障碍让我筋疲力尽，它究竟是什么？一只夜莺，而后是一具腐尸，将它泄露给我。

死亡在生命中，是不相容的，令人反感；死亡与死亡，是可接近的，这没什么，一个胆怯的肚子朝着它匍匐而行，并不颤抖。

我推倒最后的墙，它围着雪地的游牧者，而我看见了——哦，我最初的亲人——卖烛人的夏天。

我们尘世的面容只是一次持续追逐的中间三分之一，上游的一个点。

赭色长凳

经过一片阴影之地和血红色斜坡，我们回到了街上。爱的舵柄并不能超越我们，也不能压倒我们。你摊开你的手，让我看那些纹路。而夜从那里升高。我把小小的萤火虫放在生命的草图上。墓石卧像般的岁月突然被照亮，在这盏渴念我们的活的提灯下。

红色饥馑

你曾如此疯狂。

那是多么遥远！

一根手指在嘴上，你死在
一个高贵的动作里，
为了切断情感的流露；
冷冷的阳光带着某种绿色。

你曾如此美丽，谁也没有料到你的死。
此后，在夜里，你上路了，和我一起。

赤裸，没有丝毫不信任，
你的乳房被你的心腐蚀。

安适于这重合的世界，

一个男人，他紧紧搂着你，
坐下就餐。

愿你安息，你已不在。

蛾

你又一次成为蜡烛，当一场新暴动周围的黑暗在消散，向着你，一根鞭子举起，它带走你哭泣的光亮。

斗士

在人类的天穹中，星星的面包看起来幽暗又坚硬，而从细小的手，我通过邀请桥那边依然梦着的其他移民，读懂了这些星星的决斗；我搜集起金色的汗水，大地因我而停止死去。

无人继承

黑夜如此古老
当火微微亮起。
这就是我的屋子。

玫瑰并没被杀伤
在天空的战争中。
一把竖琴遭到放逐。

我经久不息的忧愁，
由一片雪色的云
获得一面血之湖。
残酷喜欢活着。

哦，泉水，向我们
孪生的命运说谎，
我以狼来培育
这唯一凝思的形象！

最后的步伐

红色的枕，黑色的枕，
睡意，胸在一侧，
在星形与方形之间，
多少破碎的旗帜！

斩断，和你们就此了结，
就像葡萄汁在酒槽里，
金色的嘴唇含着希望。

风的轮毂
硬化着白色沼泽的水，
感觉不到痛，终归并没有痛，
被接纳进畏寒的言语，
我对着温热的圆说"升起"。

盛典之末

一枚冬果的善意使我坚定，将火带回家里。风暴之文明滴在檐壁上。我得以自在地憎恶传统，梦想不太难走的小径上行人身上的薄霜。但我从未出生的孩子们托付给谁？孤寂被剥夺了调料，白色火焰陷入困境，它的热量已奄奄一息。

盛典已逝，我穿过这个隔绝的世界：我喜欢不穿大衣，让身体瑟瑟发抖。

左撇子

无以慰藉，当我们握着一只手行走，手上的肌肉正经历险恶的花期。

手在变得暗淡，催促着我们，拖曳着我们，芳香又无辜的手，我们添加并保持精力，并不能让我们避开沟壑和荆棘，早熟的火，人的包围，这只最受喜爱的手，将我们从双重阴影里举起，从夜晚到白昼。夜晚之上是耀眼的白昼，擦过它临终的门槛。

西方迷失在自身背后

西方迷失在自身背后，被认为已沉没，触及空无，脱离记忆，挣脱了它椭圆形的床，上升而不喘息，最终爬起来汇聚在一起。基点融化。泉流倾泻。上游泛滥。而下面的三角洲变绿。国界之歌延伸到下游的眺望台。很少满意是桤木的花粉。

在猎物繁多的雨中

现在，去哪里度过我们的时日？

　　斧子在它持续的轰响中也变疯了吗？

　　留在猎物繁多的雨中，将我们的呼吸跟雨系紧。那儿，我们不再为断裂、冷酷和没落而痛苦；我们不再在自己面前播撒层出不穷的矛盾，我们不再分泌吞噬思想的空虚，反而一起坚守在从未习惯的暴风雨中，我们向它混乱的多产提供强大的敌对字眼，以便它们喝着上涨的水源融化成一摊无法解释的淤泥。

女酒鬼

为什么现在还要释放自己未来的词语，当所有上升的话语都成了呼啸的火箭头，当心灵呼吸的都是下坠的臭气？

为了向你大喊一声："你从哪里来，女酒鬼，指甲烧焦的姐妹？谁让你满足？你从未寄宿于你的乱发丛中。我的长柄镰刀可以肯定。我不会告发你，我走在你前面。"

同一种联结

迷路的原子，如同灌木，
你在扩大，而我属于路途。
草地饮着纯净的晨光，
从它的指点，孩子们，
我们很少尝受教益。
爱情曾经预言
火将收回一切。

哦，从枫树吹来的果子
你的未来是一场往昔。
你的翅翼是消逝的火焰，
翼边毛刺沾着苦涩的露水。
来一场起死回生的雨！
我们活着，我们赖此闲暇，
月亮和太阳，口衔或鞭子，
在一道迷幻的指令中。

散篇

如果你呼喊，世界就沉默：它和你自己的世界一起远离。

给出的总是多于你能拿的。而后忘却。这就是圣道。

归信花刺的人让闪电变圆。

雷电只有一间屋，有数条小径。房屋在加高，小径没有碎片。

细雨使树叶欢欣，经过而不说名字。

我们可能是被蛇操纵的狗，或者对我们是何物保持缄默。

夜晚摆脱了钟槌，人依然束缚在自己心里。

地下的鸟唱着地上的哀伤。

疯狂的叶子，你们独自充满自己的生命。

一根火柴足以点燃沙滩，那儿一本书刚刚消逝。

树在风中是孤寂的。风的拥抱更是如此。

不追根究底的真相是如此苍白，远处自有那爆裂的红晕，当下的怀疑和说法在那里没有刻下丝毫印记。让我们前行，抛弃对我们许下的所有诺言。

充分就业

大海的长春花和她们的同伙，
在血管的职业里铺开我的网。
我烦扰弱者，我激怒强者。
我在洞穴里编织，洞穴有
一台表露渴意的榨汁机大小。
我即良善，是心之章鱼。

莫里斯·布朗肖，我们只喜欢回答……

我们只喜欢回答无声的问题，回应行动的准备。但总有随兴又命定的违抗……

悬而未决又未被理解的无限：坚不可摧，无论接受与否，如同死亡，如同压缩空气里一团火在叙说某个别处。

时间近了，只有那懂得保持无法解释的事物，才能征用我们。

将未来投向自身的广阔，以保持耐力，让烟蔓延。

大地，你铺展开无从抵御的弃绝。你捣碎，埋葬，耙平！我们所回避的，无耻地消遣我们，不会因你而延期。

　　死亡终将在夜里接纳我们，这夜平坦而又无瑕；诸神昔时吹送的一缕南方热风正变成一阵清凉的微风，有别于前者，那一缕热风是自我们而生的。

　　他在峰顶擎着玫瑰抗议了一生。

野鸽

它躺着，羽毛触地，嘴啄进墙。
父亲和母亲
将它推出了方格巢，
提供给死亡之猫。

我如此痛恨那些敏捷的怪物
以致我将你看成裸眼的同龄
年幼的野鸽，悲惨的鸟儿。
一年两次我们歌唱森林伙伴，
太阳之耙，翻修过的瓦。

我们不再是对跖点上受折磨的生命。
我们重归同类
以便偿清一扇
百叶窗的债务
它正慷慨地、慷慨地拍响。

长寿餐

　　时间用干瘪的材质在将我们虚无化之前已将我们毁灭，那赐予我们死亡的事物，也赐予我们幸福作为补偿，那是一种它们无从体验也无法分享的幸福。它们自身只有一个坚不可摧的词在深渊背面奔跑，在无常的压迫下煎熬。这冷酷的平衡将使它们重返纯真，它们从属的主人依然会在那里认出它们，赤裸，贫乏，迷人，无力再享用虚拟的词。

　　当无限与我们之间的空间越来越少，如同极端自由派的太阳与检察官的太阳之间，我们就身处黑夜的机床上。

　　纯粹的出发，那钟声只在永存或濒死的国度里敲响。

　　曾经的黄金时代只是一桩推迟的罪行。

逃亡者转身之时并不知他们的抛物线。

我们并未有多迟缓也没有偏离古老的火去获取我们那痴呆状的真相。

还记得吗，那人就像没有脑袋的美丽鸟儿，在风中展开双翼。他只是一条屈膝跪地的蛇。

持续的花期

常春藤热烈的书写
分开条条道路的进程
观察着明晰的边缘
黑麦草在那儿扔下画作。

尘土飞扬，我们赶在前方，
以崭新的脚或忧愁的步伐。

花儿飘散的时刻到了，
平直的线条已折断。
阴影，一面墙的阴影，不知坠落；
不给，手就会取；
蜕去皮，大地就弯曲。

时光吞没在死亡里
而生命因高墙而强健，

只有夜莺在一支歌里听到了

这支歌延续了一整夜

如果我注意聆听。

高度标记

这些漫不经心的确认，它们是我们的基座。我们不能将它们命名，将它们制造，更不能让步于它们。它们是否先于我们存在？它们是否可追溯至言语和恐惧之前？它们会跟我们一同终止吗？在我们的枝丫分叉间，一滴刚刚渗出的汁液等待着它们，将它们占据并确认。

某些事物既不在社会中也不在梦幻中。它们属于一种孤绝的命运，一种未知的希望。它们明显的行为似乎先于时间的初次控告和天空的无忧无虑。无人提供它们报酬。未来在它们的目光里融化。这些最高贵也最令人不安的事物。

骚乱之手册，心灵照亮什么即以此为养料，它鲜红的圆拱也一并接受。但归并其中的空间于它则是一个个更具敌意的夜。哦，一触即发的痛，木质的痛！

很快，人们就再也看不到死亡，只看得见诞生和长大。我们额下的眼睛一闪而过。相反，我们背上的眼睛变得辽阔。车轮和它的双重地平线，一个现在太宽广而另一个并不存在，将要完成它们的圆周。

如果人们无法借助一场大战来探询未来，那就应该留下战斗的痕迹。真正的胜利只能在长时期里取得而前线就抵着黑夜。

不要相信我就像我不相信自己，因为我不是没有退路。

我们有自由的手用新的契约去联合无能为力的麦束与灾祸。但迟缓者，那个嗜血的迟缓者，一如包裹的座钟，要以怎样的手指相连？

出口

无法言喻的严峻
支撑我们的果园，
睡着但是叫醒我。

这曾是，这将是
燧石之月，
一个街区攻打另一个，
如同恋人相聚
我们回应
千百声遥远的巨响。

谁忍受恶
在它的幸福外形下？
统治之末
站起了年轻人。

无法言喻的严峻

支撑我们的果园，

一切奉献自你喷涌而出。

致 M.H.

1966年9月11日

秋天走得更快，前前后后，胜过园丁的耙。秋天
在心上并不匆促，只要心让树枝与阴影同在。

外部的领地

在我们不经意之间，那写下的一切之中，天空的无垠，带着它的藐视，它的滚动，它不计其数的词语，也只是一个比其他句子稍长的句子，一个有点喘不过气来的句子。

我们在路上读它，一片一片，用衰弱或初生的眼睛，在我们自身的意义中赋予它似乎悬而未决的意思。就这样，我们发现了不一样的夜，在夜的肌体和我们的肉身之外，最终连带着睡去并因我们的梦境而发光。这些梦期望着，消散又牵连着却并无痛苦。梦连绵不绝，无以定形。

梦想的锯子

确认它自身的喃语并引领行动直到如花的动词。
不要以为这短促的欢乐之火可以追忆。

不要将我们的煤灰撒向破产诸神的脸。是我们的
目光充满了泪水。而迟来的恋人们依然在奔跑，他们
来自这空间，来自退潮。就这样，不大可信的诸神，
它们并不想在家里勤勉而热衷于广阔的疆域。

河流之法律，是公正的提前清算，亏损得到补偿
而侧边已被撕碎，当过于宏伟的精神家园坍塌之时，
我们才觉察到你并发现你的美好。

微风如犁耙吹过睡意："歇息片刻：床并不
宽敞！"

倾听词语完成其言说。感知词语此番成为你之所

是。于是它的存在加倍地属于你。

　　有别于其他石块，唯激流之石有着梦想者的面容轮廓，如此逼真。

流星的传承

我尝试的希望
崩塌将我饮下。

草地歌唱之处
我存在，也不存在。

星星在说谎
在发明我的天空中。

我之外还有谁
不从那儿消逝，

除了夜鸟
滑动翅膀。

★

苍白的肉身
献给一张窄床。

酸腐萎靡的肉身，
沉沦到地下。

待在窗边
感冒来攻打，

哦，倔强的心，
像赛跑运动员！

在增厚的冰上，
你是不朽的。

同一轴线

一

乔治·德·拉图尔①的准确

1966年1月26日

不再无休止退避的唯一条件是进入蜡烛的光晕，坚守于此，不去在意用白昼取代幽暗以及由一个无常终期滋养的光亮。

他睁开眼睛。这是白昼，或许。乔治·德·拉图尔知道路上随时会碰到受咒者的双轮车，装着诡诈物品。车倾翻了。画家着手清点。哪有什么永远属于黑夜，属于颂扬家族的闪亮油脂，这都混杂在一起了。

---

① 乔治·德·拉图尔（Georges de La Tour, 1593—1652），法国画家。

作弊者，在机巧与单纯之间，手背在身后，从他的腰间抽出一张方块 A；乐师乞者在角逐，赌金还不值一把将要拿来打架的刀子；对一个兜兜转转的波希米亚姑娘来说，第一次小偷小摸可不是什么美妙的历险；手摇弦琴师，患了梅毒，眼瞎，脖子脓疮溃烂，唱着一支不堪入耳的受难曲。这就是白昼，是我们的痛苦的模范引水员。乔治·德·拉图尔没有弄错。

二

阿尔比恩废墟

1966年2月24日

愿阿尔比恩高贵地表的勘探员认真测量这个：我
们为一个"遗址"奋斗，雪不仅是这儿冬天的母狼，
还是春天的桤木。太阳从我们严苛的血液里升起，而
人从来不是囚禁于他的同类中。在我们的眼里，这个
"遗址"胜过我们的面包，因为它，可以被代替。

哑默游戏

用我的牙齿
我在青春的刀口上
活了过来。
用我今天的嘴唇，
只用我的嘴唇……

短促的抵达，
斜坡上的野花，
俄里翁 ① 的投枪，
一度重现。

———————————

① 俄里翁（Orion），古希腊神话人物，海神波塞冬的儿子，能行走于海
  面，臂力过人，喜欢穿梭于丛林中打猎，一条忠诚的猎犬跟随着他，死
  后化为猎户座，猎犬化为大犬座。

余辉

致路易·费尔南德斯①

你因何而痛苦？仿佛在寂静的屋子里醒来，一张脸升起，好似被冰冷的镜子凝固。仿佛，顶灯降暗的光亮在失明的盘子上，你朝自己紧缩的喉咙举起一张摆放着水果的旧工作台。仿佛你再次离家出走，在清晨的雾气里来一场如此可爱的反叛，这反叛比一切柔情更美好，它会援救你并培育你。仿佛你堵死了那扇自主的大门以及通往那里的路，当你的爱长眠不醒。

你因何而痛苦？

因为被蹂躏的现实里的不真实。因为召唤和血液冒险迂回在二者之间。因为被选择而未被触及的，因为从河岸一跃到了海滩，因为未经思索的现时已消失。因为一颗星靠近，如同疯子，要死在我前面。

①　路易·费尔南德斯（Louis Fernandez，1900—1973），西班牙画家。

黏土课

看吧，敏锐的看门人，从早晨到早晨，
绵长而又疯狂的荆棘，盘绕着嫩枝，
大地用它缺席的目光催促我们，
痛苦已迟钝，蟋蟀唱着不变的歌，
而一个神灵涌现无非使渴膨胀
那些人的话语讲给流动的活水。

亲爱的，从此要享受这般命运：
死亡关闭不了爱的记忆。

原力

经过可延展的人和被穿透的人，我来到了所有喜悦的门前，这是由他的遗骸开启的言语，崭新的言语，以真理之火锻造，因我全然相信而强健。

你就这样抵达那片被你的挑战洗净的僻静国度。那儿没有历法，你将创立历法。严峻的虚空！然而是谁选定了你把赌注押在你身上，难道是那些刻有逃亡竖琴之父的远古遗址？

欢迎

啊！愿你回归你的无序，而世界回归它的无序。不对称即重新恢复活力。人们只在可憎的艰难时刻里维护有序。于是你身上将激发起对未来的欲望，你的每一档空梯和所有抑制你飞跃的障碍都会支持你，以一种同样欢欣的情感将你升举。作为虔诚颂歌之子，你弃绝庞大的霉败。冬夏两至将弥散的痛苦固定成一件钻石般坚硬的珍宝。那些碾金属末的人离开之后，被击溃的地狱将重新坠入它的深渊。在新的遗忘面前，天空唯一的云朵就是太阳。

让我们在希望中对说谎的人说谎，被铭刻的不朽是石块也是教训。

重叠

在夜晚的中心线上，断断续续的摇晃，被港湾照亮的防波堤，以及它对睡意的拒绝。

死亡的脸庞与爱情的话语：一片无边无垠的沙滩，层层波浪推动卵石——无边无垠。而受惊的雨推波助澜，不停不息。

不被善待的荫庇

我一直喜欢泥土路旁从空中降落的一线水流，它来来去去独自追逐，草丛中间那温柔的笨拙，它冲击着石块又被石块拦截，如同一个阴暗的背面将思绪终结。

永远看不见

永远看不见在垂涎的狩猎中，
很近，近也看不见，近到就在指间，
哦，我遥远的猎物，夜里我便安于
做一个新手去近身搏斗。
战兢兢地喝水，鲁莽得以补救。
在这复制的花园里你的盖子变圆了。
你有玫瑰的稠密，自成一体。

不是永恒也不短暂

　　哦，青翠的麦子在地里还未冒汗，它只是发抖！幸福的远方是被生命终期推动的一轮轮太阳。青麦拂过长夜。水在它明亮的色彩上浇灌。为了守卫，为了食粮，随身两把匕首：云雀，休憩的鸟，乌鸦，铭刻的精神。

心之犬

一九六八年五月三日至四日的夜里，我经常喜欢观看的空中雷电在我的头脑里爆炸，这场最物质化的暴风雨给我自身的黑暗之底带来一张半空中的闪电之脸。我以为死亡来临了，然而这死亡，充满了一个前所未有的含义，在入睡之前，在永远消散于宇宙之前，我还有一步路要走。心之犬并不曾呻吟。

　　雷电与血，我由此明白，是一体。

筛子

　　他越明白，越是痛苦。知道得越多，越是心碎。但他的清醒等量于他的忧愁，而他的顽强与他的绝望相当。

　　欲望并不播种也不收割，它从自身而来并只属于自己。它只会自己决定，就像绝对的债主。

　　青年人，这一刻，只有你们能够说出真相，描画最初的出乎意料的微笑。

　　我们并不绕过，而是经过。我们必须经过，我们已基本完成。广阔的未来已被合拢，萦绕心头。

　　一声爱的呢喃，一声恨的呢喃。他并不回避，而是深入迷宫，隐没于一种艰涩的贫乏，一个阳刚的秘密，以便不再聆听。

　　慢悠悠地，燕子在屋檐下渐渐抹去了童年的传说。

插页

没有承诺去往何方的路是可爱的路。

宽宏大度是容易获得的猎物。它最容易被抨击、混淆和诽谤。宽宏大度创造我们未来的刽子手，我们的畏缩，以及粉笔写下的梦境，但也创造接受一次就奉送两次的热情。

不再有什么珍贵之民，然而，渐渐地，这支民族的幸存者懂得了像闪电般活在无限之中。

雨，这生长之所，让玻璃窗缩小，我们透过它观察着雨。

不可预见的未来，我们请求你让期待变成失望。这两个陌生人常常自相矛盾——且融为一体，如果它们最终相遇!

在爱情中,在诗歌中,雪并不是一月的母狼而是苏醒的鹧鸪。

显见而无视

文明是一堆油脂。历史搁浅，上帝因上帝的缺席而不再跨过我们怀疑的墙，人类在人类的耳边低嚎，时间误入歧途，裂变正在进行中。还有什么？

科学只能给荒芜的人类提供一座瞎眼的灯塔，一件悲苦的武器，一些毫无传奇的工具。更为荒唐的：操练的哨子。

那些安置了永恒作为补偿的人，一如安置了短暂的辉煌结局，无非是过路的狱卒。他们没有发觉悲惨的大自然，一块块遭洗劫，就像悬而未决的人类。

光在腐朽，黑暗或许不是最糟的状态。

只存在一种半自由。就是最终的给予。半自由给行动中的人。半自由给在蛹里沉睡和等待的虫子。这个幽灵，一如回忆，骚乱中的自由。自由居于顶峰，下面是一大堆被接受的协定和被掩饰的服从，由一个无可指责的诱饵所牵引。

自由在人心里，在不断想要她、梦想她并获取她去对抗罪恶的人心里。

即便

如同有诸多不同的夜在空间里，白昼的海滩上有诸多的神。然而他们如此舒展，一生都在喘息之间度过。

诸神不会没落也不会死去，但因某种周而复始的激烈运行而后撤，如同海洋。层层旋涡之间，我们无法靠近，只会被埋葬。

古老太阳的爱子，最接近它天上的迟缓。这基本渴望一再出现，一再出现，而后，它的黑点消失不见。

被欢愉紧箍的夜，谁在玩弄我们？

吻

厚实的迟缓，迟缓已被锻造；
人世的迟缓，迟缓已经挣扎；
荒芜的迟缓，回到你的火上；
崇高的迟缓，从爱情中升起：
猫头鹰又回来了。

在这个假扮天真的时代末梢，我们向一道黄昏的光，没错，奉上我们的坦诚。光并不在隐退中收缩，而是留在那儿，赤裸，放大，不容置辩，朝着我们裂开它所有的动脉。

惊惧与欢乐

封裹在夜的暴力之中，我们生命的主体点缀着无数昂贵的光斑。啊！怎样的宫闱。

主人和拥有者

谁会安慰我们？何为存在之所需？人类和时间已为我们揭示。时间并非许愿而人类完成的无非是破产的计划。

心之所欲是门槛无从改变。

我们所觊觎的都会失去。但闪亮的手将会交还，看上去有点丑。

在绿色清泉旁，果实往往被碰伤。

我们的睡眠是两次袭击之间的一匹狼。

我们有力地延长了道路。并不去往何方。我们让星火燎原。最终去往何方？雾气消散，雾又再起。整个大自然得了流行病。

人身上片刻的罪恶已是最好。

天体与灾祸，戏剧性地，总是不相称地面对。

贪婪的文明人努力给被苦难愚化的脸戴上等待好运的面具。哦，他们的邀请措辞！哦，他们喜气洋洋的猪形！

独自一人，再次听到，这远方的呼唤这般闪烁其词？

时间，我的拥有者，我的主人，你又将源头的幸福时日奉献给谁？它悄悄到来，带着野兽的气味，活在你的近旁，坦然自若，却又因无法修复的创伤而泄露？

地层

我们并不是某种坦诚的意愿，而是被某种背信的意愿所偏离的工具，这背信的意愿介乎黑暗与我们之间，介乎活力、欲望和光明正大之间。

有一天，诅咒降临在所有人中，出借变成资产而馈赠成为废墟之地。

花朵不该提供给果实。希望到了尽头，就悄悄溜走。

无意义的话语总是宣告下一次混乱。我们已然知晓。这是预知之镜。

大地，它命运的草图，无垠，不确定，一种不自洽的自主权，与杀人犯分不开的爱情，都一起耗尽在我们身上。时间的影子覆盖了这秘密。

　　我活在野外，暴露在风霜雨雪之中。回去的时辰到了，哦，板岩的笑声！回到一本书里或死亡里。

道路将它们温柔的馈赠毁于一旦

　　早年制造出来：带飞翼的火，并无流浪的决心。随之就是至福？能够想象。哪一天无能为力：我们与黄昏一起出生而后消失在夜里。

憎恶

　　故乡是个缩小的联盟。不然，它就用它的背面和它的自负来维系我们。

　　细径、小路、马路、大道并不协调交错在同样的房屋前，它们选择别的住户，呈现在不同的眼睛里。

　　问题不断提出来：经由何处以及如何将梦境之夜还给人类？而为了躲过造访他们的恐惧：借助于何种超自然的方法，以何种未来的千年之爱？

　　不要给鸟儿不能承受的更多翅膀。它的苦难和我们一样。

　　在它准备征服的惊恐之地，骄傲赶在火箭之前。还有绝望。黯淡无光。

好邻居

　　我们独自复习着父母的飞行课。他们摆脱我们的急迫就如同他俩重新找到彼此的热忱，就像他们隔着距离也要成双成对；别无选择。任由我们碰运气，任由他们走向两端？他们一走，我们发觉他们的教导并没有将我们推向前，而是点燃了我们的脆弱，激发我们的弱点，随着时间发生了改变。艺术诞生于需要，就在这需要被抽离的瞬间，艺术是一种让山和鸟相协调的活法。

错乱

　　在我们站立的阴影中，手指紧扣，没有食物，我们辨认出最饱满果实的彩色球体从叶簇间悄悄溜出来。它们的成熟从树的体积里涌出来，颂扬着这些异彩重生的名字。我们的存在，止步于此，远离追慕者。这些果实就像被无视，低垂着，直到最终腐烂在我们不庄重的爱情面前，对此它们既无从知晓也又无法继承。

流血的化石

敌人，正将我们清除，缩短了一种酷刑，而敌人
并不是这酷刑的发起者也不是发明者。最多是偶尔的
仆人。酷刑的裁决不知起源于何处，却将它诱人的无
限权力扩展到我们被指定的联系和状态中。

起而反抗，我并非受命于天，而是居住于此。
哦，这灵敏，年轻而又古老！

欢乐

大地笑得多么温柔,当雪从地面上醒来!一天天,她平躺着,被拥抱着,时哭时笑。逃离的火将她迎娶,雪刚刚消融。

背靠一座石屋

如果你必须再次出发，就来背靠一座石屋。你从遥远处就认出屋子的那棵树，你且不要在意。树有自己的果实满足自己。

词语在它产生意义之前站起来，将我们唤醒，我们挥霍着白昼的光亮，而词语并没有做梦。

苹果色的空间。空间，灼热的高脚盆。

今天是一匹猛兽。明天会一跃而起。

将你放在诸神的位置上，看着你自己。唯一一次被调换的诞生，精疲力竭的身体被拔除，你比诸神更隐匿无形。而你重现也更少。

地球有手，月亮没有。地球致命，月亮荒凉。

自由紧随虚空之后，这虚空有待穷根究底。而后，亲爱的尊贵囚徒，这浓烈的气味来自你们的收场。它是如何让你们惊奇？

应该爱这具变质的裸体，干涸的心脏、痉挛的血液里有一种真实，熠熠生辉！

未来已被抹掉！世界唉声叹气！

当人类的面具戴在大地的脸上，她就有一双破裂的眼。

我们永远挣脱身上的铰链了吗？重绘一种安然的美？

我将大自然看作舞伴，和她在所有舞会上跳舞。我爱她。但在摘葡萄的时节，二者结不成伉俪。

我的爱人更喜欢水果甚于它的幽魂。我将二者连接起来，一个不屈，另一个弯曲。

三百六十五个夜重重叠叠，没有白昼，这就是我对夜里怀恨者的祝愿。

它们想要让我们痛苦，但定是我们让它们痛苦。应当对滚动的黄金说："复仇吧。"对分裂的时间说："我喜欢和谁在一起？哦，不要隐约可见！"

夸口者纷纷前来，他们只拥有自己眼睛里看得见的东西。这些随时吓唬人的家伙。

不要修剪火焰，火炭正当春时，不要剪短它。一次次迁徙，穿过重重寒夜，不会在你的视线里停下。
我们感受着尼亚加拉瀑布的失眠，寻找着激动的地面，这地面激起大自然再次热狂。

拉斯科洞窟、乔托、凡·艾克、乌切罗、富凯、曼特尼亚、克拉纳赫、卡尔帕乔、乔治·德·拉图尔、普桑、伦布朗的绘画，是我石巢里的羊毛。

我们经历的风暴是我们的底色。致痛的秩序下，社会未必就是错的，即便广场狭小，处处是墙壁，坍塌之后复又重修。

总是拿他人眼中的我们是什么样来衡量，相像很快变了模样。

我们从想象中的死亡到达芦苇丛，这片真实不虚的死亡。生命，通过磨损，一路上将我们取乐。

死亡不在这边，也不在那边。它在旁边，灵巧，低微。

我出生并成长在每时每刻都可感知的矛盾中，尽管它们冲突激烈相互攻击。我来回奔走不迭。

闪光的心也只能照亮它自己的夜。它竖起笨拙的一簇。

这里有些是毒药，有些是解药。难以辨认。必须尝尝。

对或错，立刻见效，这对身体有益，尽管随之就要矫正。

最美妙的日子，无访客，只独享：这是根本的选项。闪电开辟现时，砍伤花园，它并不围攻，而是一次次扩张，会不断地出现就像曾经出现。

片刻的优待并不像我们敢于生活那样鲜活，不用担心想象力的温情会掩盖我们的想象。

唯有生活截杀我们。死亡是主人。死亡将家从它的围墙里解救出来并推向树林的边缘。

青春的太阳，我看见了你；但那儿，你已不在。

谁相信谜可重续，谁就成为谜。无碍地翻越侵蚀的豁口，一会儿光亮，一会儿幽暗，方知不予建基是它的法则。它越是遵守这条法则，法则就越会战胜它；它无意建立，但它会去实行。

我们必须不断地重返侵蚀。以痛苦对抗完美。①

---

① 这里，视线中消失的家屋徒留记忆中的墙，不再送来敏锐通透的词。——作者原注。

　　我们将基本实现的一切始于今日，我们将尽力实现得更好。既不满足也不绝望。唯一的太阳：伦勃朗的被宰杀的牛。可怎么甘愿让住处的日期和气味都张贴出来，同时，我们怎么机敏灵巧直到最终结果？

　　一种简朴显露：火上升，地吸取，雪飞扬，争吵爆发。所谓的诸神将它们的闲暇授予我们，一段短暂时光，而我们怀着恨意来接受。我看见一只老虎。它看见我。我们互相致意。那儿，薄荷丛中，谁得以从万物中诞生，明天，又将从万物中胜出。

辟邪之夜闪着幽光

(1972)

奔下石子山包进入猩红植被

我们再也无力去拖延自己生命的决定，我们也不再拥有梦境穿越我们的睡眠。几乎不再有。几乎没有选择的现实，一路出击，处处受攻，筋疲力尽地放下，又再耸起，想要结出混乱与关爱的果实，照看我们的振荡。惬意的沙漠商旅。我们就是这样前行。

突然我们一惊，是暂歇的命令和偏向的信号。这就是工作。

如何给微风中的牵牛花带来难以描述的溢血？虚妄的问题，即便这样一种上升在我们隐匿的家中也有发生的时候。这比迫使我们寻找庇护的单纯更为单纯。然而我们渴望的大地并非将我们藏匿的大地。钟槌敲响的并不是黄昏的钟声。哦，我面前幻影重重，愿它们睡去，愿它们安息；猫头鹰将会接纳它们！而现在，我来给你穿衣，我的爱人。

我们前行，我们前行，一个确定无疑的界标依然考验着我们，与我们相隔一段幸福的距离。我们的足迹捕获语言。

我们遥远的目的地

自由诞生，黑夜，无论何处，在一个墙洞里，在刮过的阵阵寒风中。

星星在夏天酸而绿；冬天则给我们的手提供成熟的饱满青春。

诸神作为先驱，久经沙场，令人拜服，它们的行为和我们的需要才刚结合，就当面驱走，诸神不再与我们不可分，不再是遗留给我们的天性。

大地以这般激情四溢的目光注视着荆棘丛生的世界。而我们也一样。

模仿着猫头鹰沉静的飞行，在睡梦中我们即兴相爱，在惊惧中强忍痛苦，碎步移动，带着一种不知疲倦的鲁莽重返年轻。

　　哦，我如轻烟升起在真实的火堆之上，我们是爱我们的人的同辈和浮云！

开缝的百叶窗

采蜜的迟缓，散布迟缓，

执着的迟缓，对我不冷不热。

我们珍爱的房间布局，我们最是钟情于你们，就
像在你们自己的不公之中，冒着风险，宛如扑腾的
飞蛾。

夜莺，在夜里，有时唱出一首割喉者的歌。我的
痛苦辨认得清楚。

夜莺也在一场桀骜不驯的雨中歌唱。它并不因循
夜莺的傲慢历史。

那逃离我们的越是好像难以承受，就越使我们相
信它令人满足的意义。

当我们停止攀登，我们的过往就变成这般不洁或
结晶的事物，就像从来不曾发生。

狗总是啃咬凸角。我们也是。

我们无法退出他人的生活，又无法安之若素。

树和树之间从不询问，但因靠得太近，它们做出回避的动作。从橡树园三次发出布谷鸟的呼唤，这不善交往的鸟。一如流星的许愿之歌。

少许才是所有。少许占据着一片寥廓的空间。它不由分说将我们接受。

我们包含着自己最坚实田地上的昆虫！代理者在我们失败之处取得成功。

我曾是一块铁砧，并不试图忙碌。

别处的生命之上压着所有的猜疑。他们的行为对于世间每天的围墙显得无足轻重。

我们折射出什么？我们并不拥有的翅翼。

含住唾液，从一根清凉芦苇管削一支芦笛，我们将成为沙丘来聆听大海。

敲碎他们的脑袋用一根短棍，我是想说用一个秘密

一切光线，如同一切界线，从我们眼中经过如此明亮，在封闭的壁炉里，在梦想中，就像平纹细布的灯笼钝角。

从人到鼠的可靠媒介，当这从未被压抑的声音，低沉如同不在此处，它重复着："你无路可逃。你在我们中间。"

叉开四肢躺着，忧郁的完美。

逐渐包裹起来！从上升的身体到分裂的白昼，从白色的黑暗到危险的迫击炮，我们常常处于包围之中，带着断裂的毅力。

我的土地上的水会流淌得更优美，如果它缓缓地流。

言语，那好争辩的风暴……

言语，那好争辩的风暴并不破碎，依然悬挂在我们头顶，就像一个缺钱的银行家。

言说并说出那必须说的，从植物般庞大的匿名中心，带到住宅的附属物上。

寻觅者只会发现他们是否出于狂热或被回绝。新的世界在脆弱的指间。

从无可治愈的虚空，产生了事件及其神奇的吸收器。

愿我们的爱之床在我们之后伸展并竖起它的暗影，在一道做着梦的目光中，是的，这当会使人幸福。

打开缺口，就从中迸发一株香草。

山楂树重新变得绿白相映。清晨。在将音乐家之夜带至最高热狂之后，夜莺缩短了它的激情火焰，在重重回声之间吟唱就像带着遗憾。

我们须以存在和荣誉回报典押和藐视。

渐渐地，随后一杯硅酒

诸神不时地跑过我们致命的混乱但并不往外冲。这儿并不限制它们的历险，只要我们将它们奉为神明。

这些通透的神，在临时的俗丽装饰下被带到世间。诅咒由此而起。

欲望，是背着唯一行囊坐着一辆辆列车的旅行者。

这并非某种比人之表现更低的东西，在人的时代，这反而是某种更高的东西，既贪婪又疲乏。

全景式的视野里，死亡的想象浑然一体，并不窒息。

唯一的对话者，她割断了线，我们才能对她诚挚地说："我属于你。"一身完美青春的女人，她在我们的时辰里将我们解放，而非在她的时辰里。

钥匙在悲惨的夜里。

在回声的流荡中，抓住紧要的词。幸福！即便它并不悠扬。

应该从四大元素中取出土；土只是其他元素欢快的制造品。

活在世上是一件美丽的艺术品，它让手艺人潜入黑夜。

如果每次都将地狱注入其中，我们会越做越精湛。

之前没有被吞食，现在我们生吞活剥。幸福的自然，它只知道熔岩和侵蚀！

保持诚实即便被嘲笑，这是在内心最深处让自由活着。

这位过路人已然从尘世浮华中隐退。他只是倾听所见之物的讲述。

太阳的格言："给你所照亮的加上印记，而非你所遮暗的。"太阳可意识到自己？

就是这么召唤我们，唉！暴政。总量和体积的问题，甚于表面。

我喜欢这样的人：尊重他的狗，钟爱他的工具，不去剥树皮惩罚树脂，不给继承的酒掺水，嘲笑一个典范世界的存在。

恢复秩序的短暂诱惑，随后是一团混沌，大于诸多宗教和思想学科的创建者。

你就是那个抑制自己特殊的笨拙来释放一种普世内容的人。

惊慌的蚱蜢，您跳得这么高，当您坠落时请为我们祈祷。

日常的困难及其百合般的苍白。

到达声音的拱门，他停止走到桥中央。他立即成了水流。

波德莱尔对尼采不满

波德莱尔早就写下并看清了他的痛苦之舟，他为我们指明了我们是怎样的。尼采，永远的地震线，丈量我们整个竞赛场。我的两位挑水工。

义务，无需吸口气就侵吞我们，将事物稀释，划分等级。懂的自然会懂。花粉碾压峭壁，不再催生一个多重的未来。

愿我们挑战秩序或混沌，愿我们遵守并非由智力建立的法则。我们以截肢巨人的步子互相靠近。

我们感到最痛苦的是什么？是忧虑。我们在同一股激流中诞生，但我们以不同的方式翻滚在疯狂的石头间。忧虑？保卫本能。

空无之子，什么也不承诺，我们只有几个手势可做，几个词语可交付。拒绝。禁止向饶舌的狼蛛和沙漠的高利贷者打开我们恼怒的门。不俗的作品，就如折式百叶窗，灵感并非来自用途，而只是来自它复苏的情感。

我们在睡眠中听到的，正是我们的心跳，并非我们毫无用处的灵魂碎片。

死，是在重重新叶之后穿过针眼。必须穿越死亡去显露在生命面前，怀着至高的谦逊。

谁依然在呼唤？而毫无回应。

谁依然在呼唤一种无拘束的浪费？我们的生命乌云密布，但云间已微微露出宝藏。

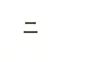

每一声呼唤

> "我要来吗？我要来吗？"
>
> "来啊！来啊！"
>
> ——《夜间动物》

　　四月的北风挑起痛苦，不同于其他任何朔风。它并不毁灭，而是折磨。成片地冒出新叶，生命温柔的显现被揉皱。残忍的风，春天的惠赠。一度传来夜莺的歌声，已然缄默。重重打击已将夜晚击昏！猫头鹰旋即飞起在黑莓深处。对玛雅人来说，它是椎骨显露的死神；它又是智慧女神密涅瓦身边的劫持者；而在我眼中，则是玛丘朵夫人，她是同盟者。她呼唤我，我倾听她；我召唤她，她听见我。有时我们互换彼此的脸，但我们能认出彼此，即便在没有乐师的约会中，因为我们的触摸无欲无求。争吵的城堡里可怜的住户，邻居是吞吃话语的鸟儿！夜有着无骨的身体，想必只有你依然无辜。

爪

像驼背的行路人，天空很快气喘吁吁；
作为调停者，它并没有谈妥；
我将蓝色涂上蓝色，将金色涂上黑色。
这天空是一只学生书包
沾了黑莓的汁液。

老兵

现在，骗人的表象，斑驳的镜子，在眼前纷繁剧增，我们的行迹如实地变成了风景，在那里我们跪下来啜饮。一个广袤的时代，我们辗转又流血只为引起一场共同的历险。就这样，在狂风中我们瞬间的动作找到了仆仆风尘的真实性，就在腐殖土下面，在身后揭开了一个春天。

扫雪车

在时间的脊髓里辐射着爱，我们用爱来庆祝隆重
的节日，子夜被它的十二种痛苦刷白。

低语中的仪式

索尔格河为王。

如同向大蜡烛屈身下跪初领圣体的女孩，
白蝎子举起了它的长矛并击中了地方。
惊喜提供它诡计，传到它的腿弯。
叭！水流猛涨，会经过这幅稚拙画。
水仙，金色的花蕾将消失在草地中心。
桤木王死了。

麒麟座光环

　　他在星座的边缘感到混乱而又孤独，他的星座在退火的空间里只是一座怕冷的小城。

　　有人问他："您最终遇到她了吗？最终您幸福吗？"他不屑于回答，然后撕碎一片铁线莲的叶子。

定居的火焰

　　让我们加速天体的旋转和宇宙的病变。然而因何而乐又因何而痛？当我们终于面对山峦，我们所说的诸神突然显得渺小，披着阳光和水，它们是我们自己最隐晦的表达。

　　我们不会去教化它们。我们只会去庆祝，接近诸神；它们的住所就在一朵火焰里，我们的定居的火焰。

馈赠常至

人们任由某些不可控的事加速。整场革命带着诸多愿望，就像我们的热忱，已然完结，而破坏正在进行中，因我们而起，超出我们之外，对抗我们，且无从挽救。有些时候，如果我们不曾有从一而终的团结，就像人们没有从一而终的仇恨，我们就会上前攀谈。

然而，从无限期挑选出的巫术中升起一股暂时的平静。旋涡将我们推向板岩的使命。

艰难的简朴

我的床是干燥沙滩上的一股湍流。没有一棵蕨在寻找它的祖国。在哪里你曾掠过温柔的爱？

我离开已久。我回来是为了离开。

更远处，干涸的泉潭里三块石头中的一块说出这个为过路人镌刻下的唯一的词："女友"。

我发明了一种睡眠，我饮下它的酸涩在夏之帝国。

开放在冬季

黑夜所迫，我的第一个动作就是毁掉日历，这蜿蛇结般的日历上每个登临的日子都跳入眼睛。烛火摇曳，朝我掉转头去。我由此学会深一脚浅一脚地朝着毗邻我的土地的地平线坚定迈进，看到通过一线光亮渐渐诞生一道暗影，学会仔细观察天际。最终，我不曾迷恋的，也就从不曾经过，延迟的时间更长，我也就不再厌憎。然而，力量完好无损，洞察力辽阔宽广，这都很好，黎明到来，我孤寂的作品将我和孪生兄弟分开，让我免于成为他神圣的马鞍。天空中的旧货铺：尘世的压抑。

她冰冷的手

她冰冷的手在我的手中，我奔跑着，希望我们迷失，希望我的热量消失在她手中。丰饶的夜，我执迷其中。

那些亲爱的死者取道迂回，来以他们的心造就我们的情感，你们并没有被封禁。迂回多少次，留下多少标记，数都数不清。

浮雕与颂词

在安泰奥尔旅馆的灯火辉煌中，我们与其他房客擦肩而过，他们并不知道我们的昔日同盟，痛苦并没有因同盟而消融，过于热烈的笑声中一道脆弱的侧影，涌现的是艾普特河的漂浮物，填满我睡眠中的梦境，而在我身上，如同回暖的土地患了遗忘症。永无所获，因毫无苏醒的迹象，在这里有着一道年轻女子的目光，张着双手，无言地表达着，毫无褶皱。

泄露欢乐的通道将我推向苏醒的岸边，现实的波浪滚滚而来；沸腾的浪沙将我覆盖。就这样，记忆的蛇杖交还给了我。我重新迷上了勃艮第第二圣的异象，我曾整个夏季惊讶于它灵敏的启示。他冒险投向小熊星座那一瞥，在他并不确信之时。不远处，欧坦的夏娃，手腕断开，回归她隐秘的心，让她凌乱的花园充满水禽气味。随后的夏娃，披着刚刚梳洗过的头发，只能联系到塑造她的艺术家，对受伤的生活和将来的快乐俱感失望。

牧神节的睡意

被白昼驱逐，被我们的目光抹去，而我们的目光曾是它们丰饶的空间，大禁忌现在一个接一个跑来，成群结队，如同在遥远国度倒闭的商行令人眩晕地经由它们的拱门到我们的拱门纷纷重生。

在正午之火的牵引下，我们满足于建造、受苦、共享，满足于倾听我们的反抗噼啪作响，我们现在去受苦，但是突然受苦，在节日上消融，坚信这次起义的成功，不管它迅速被扑灭。

我们青春的光芒，就如同从起伏的睡意中钻出来的那些闪光的蜥蜴；为了急赶上那个基本的旅行者，它们保持团结一致。

游猎的香料

(1972—1975)

这个世纪决定了两个远古空间的存在：其一，私密空间，我们在其中玩着我们的想象和我们的情感；其二，圆形空间，即我们的有形世界。二者无法分开。破坏其中一个，就会扰乱另一个。这种烈度会引起明显的初步效果。但如何由法则来修改和纠正那些侵入和毁坏的未完成的法则？这是法则吗？是否存在例外？如何触发信号？在两个已知空间之外，路上是否有第三个空间？俄里翁的革命在我们中间突然重现。

—

逃离群岛

俄里翁，

沾上了无限及世间的渴意，

不再用镰刀削他的箭，

面容被锻铁染黑，

灵敏的脚总能避免缺陷，

乐于与我们一起

而后留下。

在群星间窃窃私语。

这蓝色并非我们的蓝

猎户座对金牛座

我们每分钟都处于极致的区分之中。我们应当将刀子遣返。还有那类似的肉红色。

极少人懂得去看他们生活的大地，低下眼睛，与之以你相称。遗忘的大地，身边的大地，我们钟情于它又带着恐惧。而恐惧已然过去……

每个人都有他的沙漏，终归要止于沙漏。继续流动在盲目之中。

谁释放这消息，谁就不会有身份。他不会感到难受。

　　在世界末日里塑造，不正是我们每个夜里在一张热衷于死的脸上所做的吗？

　　一件工具被我们的手私藏于记忆中，立即发现好处，不会变老，会将手保存完好。

　　于是消失在雾气中，背着小包裹的人类。

游猎的香料

猎户座对麒麟座

我愿我如此衰老的忧愁如同河里的砾石：深处河底。我的水流不会在意它。

精神的家屋。应该包括所有房间，对健康有益或有害的房间，以及通风舒畅的房间，对其差异具有棱镜般的认知。

哦，靠近我的你，当我们认不出自己，我们才成为自己。别忘了。

闪电解放了暴风雨并使它能满足我们的快感和渴意。性感的闪电！（白天，吊起井水桶，桶里的水不停地晃着它诞生的光芒。）

时光无声的飞逝历经数千年，而人类得以形成。

雨骤然落下，永无尽期；而后人开始行走并活动。开始出现沙漠；火第二次升起。于是，因为善于更新某种炼金术，人就糟蹋他的财富，屠杀他的同类。接着是水、土地、海和空气，然而一粒微尘曾抵抗。就发生在几分钟之前。

为暴君所厌憎，不论多重。而对于整座高山牧场，火光就在两簇火焰之间。

有时轻微的行为会铺展成难以置信的事件。祸不单行这般荒谬，比起这夜间的涨水又如何？

在我们之外，如同在我们之上，一切只是催促和威胁的增长。那是我们奋起反抗的绝望，真真切切地确认我们头脑清醒，我们需要爱。而这般觉识最终只是装饰这蜉蝣般的人生。亲爱的篷盖马车！

现在—过去，现在—未来。瞻前，顾后，一无所有，只是些想象力的祭品。

我们不再处于内凹的空间。那惯于将我们分开的已经在路上。而后，我们将成为泥土，我们将会口渴。

乡村远足

猎户座钟情于北极星

恋人们在带飞翼的不平等中具有发明能力，清晨，那将他们集拢起来的不平等。

必须停止对废墟说话。

一种搁浅般的书写。我这种书写今天遭到反对。在夜之顶峰被重复的风景之上升起一缕微光。

噪声之灼烧。受赞许的雪终于来熄灭灼痛。

女子多情而男人孤寂。他们彼此窃取孤寂和爱情。

你生来属于闪电。你将是闪电之石，风暴只能借你的床来逃跑。

我们与最终尘埃之间的距离真的比执拗的星星与
鲜活的目光之间的距离更远吗？这目光只拥有星星片
刻并不会去伤害它。

……尼古拉·德·斯塔埃尔①，任由我们瞥见他模
糊的蓝色航船，出发前往寒冷的大海，他渐渐靠近，
这个北极星的孩子。

---

① 尼古拉·德·斯塔埃尔（Nicolas de Staël，1913—1955），俄罗斯裔法国
抽象画家，1955 年 3 月 16 日在其画室跳楼自杀。

虚线的边界

双子座经过

我们是白昼裂隙间的萤火虫。我们休憩在一个瓶底，如同一艘搁浅的平底船。

这些欲望与精神的冲突播种下悲痛。冲突中精神得以艰难取胜是通过迂回而非直线挺进。

听的反面是听见。而沉默的山岭迟迟没有来到我们肩膀上。为了让我听见这番喧嚣，一部火车机车可能经过了我的摇篮。

在他的生存斗争中，没有恶，他还能活下来吗？他，白人？而后他盖印封起凋零的统治。

繁殖，今天是被诅咒的活动。增长也一样。而开发：他们只能穿行在诸神打褶的目光下，诸神已懒得认出这些人。

沉迷于空气之精神。奉献给大地的荆条。既已诞生，我们就只有一种回忆。必须装满空气和痛苦去抵达这个现时。

俄里翁的投枪。星芒三叶草。灌木丛中，镜子般返照白昼的天空。
昏暗的三叶草……翠绿的伤疤。
痛苦之龙卷风，希望之褡裢。

一面湖！与我们多相投！一面湖，不是灯芯草丛中的一眼泉水，而是一面纯净的湖，不是为了啜饮，一面湖提供给被夏天的水封冻的诅咒。你恳请谁？无人出借，无人施与。

曾经高尚的手。今时不被重视。一种犹豫的活法，一趟克制的远航，直到它的作用明显失效。

存在一种对万物的理解，但从这抽丝剥茧中升起一片迷雾，一阵惊怕的叫嚷，时而还有我们渐渐清晰的仇恨。

质询式回答是存在的回答。而对提问的回答不过是一捆思想的柴火。

"你的儿子会成为幽魂。他将在一块死地上等待道路的解救。"

这就是画家普桑 ①，我沐浴在吹硬我翅膀的风中，毫不惋惜我失踪的母亲。

———————

① 普桑（Nicolas Poussin，1594—1665），法国古典主义画家。

旅客

克甫斯^①对俄里翁

> 火车消失了，
> 车站笑着去寻找旅客。

藏匿在手下的一切，今晚，都是本质。那未完成的因本质而嗡嗡作响。

我们发明了触摸终极的力量，几乎从来不是心。

应当异常谨慎地去接近桌子上的餐具。这独特的间歇无可比拟又不可测度。

我们的现时处于这样一个燃点，与其说恳求，不如说这是风中的赞扬。

———————

① 克甫斯（Céphée），希腊神话里的埃塞俄比亚国王，后成为仙王座。

同志，这是你的安全通行证，让你去往任何地方——去那儿受苦。从吃水线到海渊。勇气在吞饮多变的无限。欢快之地只延续了一天。

他们用大海的泡沫造了一条小船以便去占据最遥远的海岸。而那条礁链，就是他们。

诽谤者无可抵御地降临这片海。相反地，诸神的采纳却复杂而又缓慢。

我们坐着，如同黄斑，在兽性的炉膛前。谁又会想到？即便严寒中爱开玩笑的人也想不到。

生活的阴影及时介入，以便在我们身上保存亏欠生活的位置。山岭越高，洞见者持着权杖在乌云闪电间就越得势。

——生活，你的胜利何在？

——就在此。超乎彼。

——我明白，朋友，未来几无所依。

诸神与死亡

俄里翁重返腰部的大地

诸神均不在我们的外部，因为他们是我们唯一不征服死亡的思想果实，这死亡，当时间让我们登上它的船，低语着，在前方一海链①处。

哦，快意，哦，破坏！

翻滚岩石，爆裂树木，

对天真的人喝倒彩吧。

"现在到了刺客的时辰！"②

曾经很多又曾经很少。

现在到了渗液的时辰！

现在到了教官的时辰！

并且从母猪到天鹅颈！

现在到了告密者的时辰！

———————

① 旧时计量距离的单位，约合 200 米。
② 兰波散文诗集《灵光集》里的《醉之晨》最后一句。

拒绝那些记忆的诗节。
回溯你被饥馑所奴役，
并不顺从，在寒冷中。

俄里翁的接纳

谁在苏醒的薰衣草中

寻找你的褐色蜂群?

你的王像个侍者经过。

他眼目已瞎,神情涣散。

捕猎者躲开

追逐他的一朵朵花。

他拉开弓,每头野兽都闪亮。

黑夜高耸;箭要试试你的运气。

一颗人间流星拥有流蜜的土地。

莫贝琼娜 [1] 的聘礼

　　一束十二月的百里香，一簇雪后的鼠尾草，婚房前，她喜欢有矢车菊，一层层罗勒，一畦畦蓼草。

　　愿天空，当她走出来，送给她疾疾清风。

---

[1]　莫贝琼娜（Maubergeonne de l'Isle-Bouchard，1080—1153），法国中世纪女性，被称为"危险的莫贝琼娜"，相传为查理曼大帝后裔，曾两次结婚，生育四个儿女，但都与不同情人所生。

雨蛙

雨蛙信赖摇曳它的柳树。湿润的柳枝脱下长裙。树皮和嫩叶在意一个纹章肚子！烟雾蒸腾将来自嚼草茎的底层世界。

荒唐反常占据了整个高空，神圣的野蔷薇将星辰鞭笞至死。

罗丹

　　这些步行者，我久久地伴随着他们。他们走在我前面或逆风而行，蹒跚又趔趄，处于一个旋涡中始终保持可见状态。他们并不急于到达港口和大海，不急于向肆意的敌人投降。今天由这些男人组成的绝望六弦琴，开始在雾气弥漫的花园里歌唱。也可能忠贞又执着的欧斯塔希①隐约看见了他真正的目的地，眼下的恐惧已置之度外，只有顽强的体内遥远的气息。

---

① 欧斯塔希（Eustache），罗丹雕塑作品《加莱义民》中有六个男人，其中最年长、最有声望的是欧斯塔希。

酣醉

　　当丰收得以镌刻在太阳的铜版上，一只云雀在狂风的裂缝间歌唱着它行将终结的青春。秋天的黎明披上一面面被战火撕碎的镜子，在三个月里回荡。

摆渡人

　　真理应有两道岸：此岸为我们的去程而设，彼岸为返程而设。条条道路吞吐着迷雾。他们坚贞地守护着我们的欢笑。尽管碎裂，冰水中，他们依然是我们这些漂游小生物的救助者。

损毁者

只需一个闪亮的拒绝就足以向空间万物无限期地
伸展并举起我们的手指。里程石碑上，一切可辨识的
来源都消耗在荆豆前，而今已被损毁。我们留意到，
时光拦腰折断在一个属于我们的地方。

西伯利亚笔记

雪不再飘飞在孩子们的手中。它积聚起来，在我们的北方脸庞上分娩出一道道边境。在这越来越拥挤的夜里，我们分辨不出是什么在出生。

那么为何一再重复：我们是一道根源未明的火光，总是照红更前方。这火，我们听到它嘶叫着，是否即将烧尽？不会，除非我们感到不适，在这广袤的寂静中，在寂静的中心，什么都不会破碎。

树叶丛中

目光所击，自是呈露在他人眼中，以我们的眼睛从中发现它们被改变的轮廓，而只为了给我们的沙漠之腰带抹上暗影。

率先者倚靠一棵白蜡树，担负阵阵雷电，又热切等待着黑夜。

天兔座的复仇 [1]

为了更好地驱赶我，他们难道不是给了我不可思议的梦和卑劣的现实？一旦一棵瘦小的茴香让他们给我贴脸的自由，他们就赐予我癫狂般的尊严。要注意满嘴泥土的唇上重重阴影的询问。胜似在绿色的风里飘过一粒种子，我这整个种类的报复在那里拖长着破坏的声音。

自从我在俄里翁脚下展开的金色的寥廓空间里醒来，他就朝着沼泽周围前行，倒并非认为我吝啬，更不想在我疲乏的睡眠中将我捕获。

我将他们的红棕色魔鬼封在瓶子里抛进大海。克洛德·洛兰 [2] 从他的宫殿里听到靠近防波堤的缓缓波浪会将它带走。

---

[1] 天兔座（Lièvre）位于猎户座以南，大犬座与波江座之间，像一只奔跑的兔子，被俄里翁（猎户座）追捕。

[2] 克洛德·洛兰（Claude Lorrain，1600—1682），法国古典主义画家，多幅画作中都有海浪和海边的风景。

奇怪的俄里翁

当时钟被我们的千禧年敲响，为何我们会感到痛
苦？某种迷信不曾使之高贵？俄里翁，这个钢铁匠？
是的，总是他；并朝着我们。种种人类历险今天已然
破碎，今晚重新焊接起来，穿过我们宏伟的桥。

黑底上的绿色

我们

走在崭新的路上。我们之所欲极广。突然发生的事，几无理由为之痛苦。不贞洁的乐园闪烁在嘲讽之侧。

远离，坚定地屈身，曙光照在背上，一道可爱的山岭发生着缓慢的变动。

灯慷慨地点燃。它以杂食为生。与之和解，或者打碎它。

没有什么会长久保持一致。没有什么会长久显得紧张。一层又一层隐匿起来，占据整片寂静。

难道我们不是在某种无以减缓的疼痛出现预兆和

迹象之时神志才充分清醒？

一个传说中的路人，定会来此与我们相遇：他想要扩大冲动的空间，敬重的地域，赞同的喃语，从正午到子夜。这个受伤的人好似从胸口只抽出来严苛而又虚弱的拍击。

在被抛入眼睛之前，形式和别处的行为。

两个盲目的耕作者。

黑底上的绿色。

凶猛的河岸

迅即聚合、和解
在我们的房体被摧毁之中，
持久不去的是暴风雨。

一个从我的脚后跟站起，黑夜刚刚消散，
她严苛，深居简出，自信不疑。
另一个漫游不定，她朝我们滚动煮沸的
怪兽和人间的计划。

在我们开始千禧年前夕
拉帕努伊人知道，雕刻师正修剪着岛屿，
在死者面前打开海的重重大门。

我们没了死者，没了空间；
我们没了大海没了岛屿；
而沙漏的影子掩埋了夜。

"穿衣服。跟上。"如此命令。
而跟上的人，也是我们。
一颗天体改变了运行，
用我们添加给它的双手。

四

俄里翁的口才

你属于一个食马的民族，精神和胃口都是，你为此而苦恼。事件脱粒之后，它的声音消失于红色的燕麦。这使得你一度向那美丽而又傲慢的距离唱出反抗的晨曲。如同被你的悲伤不断点燃的金属，严酷和爱情临到我时一片湿润。

而现在如果你还能说出内心世界的香料，你会想起艾蒿。召唤征象等于冒犯。你将安居于你的纸页上，安居于一条溪流的岸边，就像龙涎香安居于搁浅的褐藻上；而后，夜色升起，你将远离那些不满足的居民，在星辰间归于遗忘。你将再也听不到你开裂的鞋子唉声叹气。